Richard Bach · Der unsichtbare Ring

Illustrationen von H. Lee Shapiro

Richard Bach

Der unsichtbare Ring

Ullstein

Verlag Ullstein GmbH · Berlin · Frankfurt/M.
Titel der amerikanischen Originalausgabe:
"There's No Such Place As Far Away"
Ins Deutsche übertragen von Hans Baumann

Printed in Germany 1991
Satz: Nagel Fototype GmbH, Berlin
Druck und Bindung: Mohndruck, Gütersloh
ISBN 3 550 06349 0

Die Deutsche Bibliothek – CIP-Einheitsaufnahme

Der **unsichtbare Ring** / Richard Bach. [Ill. von H. Lee Shapiro.
Ins Dt. übertr. von Hans Baumann]. – Berlin; Frankfurt/M.:
Ullstein, 1991
Einheitssacht.: There's no such place as far away <dt.>
ISBN 3-550-06349-0
NE: Bach, Richard; Shapiro, H. Lee; EST

Ann!
Ich danke dir für
die Einladung zu deiner
Geburtstagsparty!

Zwischen uns liegen
tausend Meilen, und ich
reise nur aus wichtigsten
Anlässen – eine Party für Ann
aber geht mir über alles.

Ich begann meine Reise im Herzen des Kolibris,
dem wir beide vor langer Zeit begegnet sind.
Er war freundlich wie immer, aber als ich
ihm sagte, daß die kleine Ann heranwachse
und daß ich vorhabe, mit einem Geschenk
auf ihre Geburtstagsparty zu gehen,
war er verwirrt.

Wir flogen lange
in tiefem Schweigen,
bis der Kolibri schließlich sagte:
»Ich verstehe sehr wenig
von dem, was du da sagst,
aber am allerwenigsten verstehe ich,
daß du auf diese Party *gehen* willst.«

»Natürlich werde ich
auf diese Party gehen«, sagte ich.
»Was ist daran so schwer
zu verstehen?«

Der Kolibri blieb still,
und erst, als wir dort ankamen,
wo die Eule wohnt, sagte er:
»Können Meilen uns wirklich
von Freunden trennen?
Wenn du bei Ann sein willst,
bist du dann nicht schon dort?«

»Die kleine Ann wächst heran,
und ich habe vor, mit einem Geschenk
auf ihre Geburtstagsparty zu gehen«,
sagte ich zur Eule.
Es fiel mir nicht leicht,
so einfach *gehen* zu sagen,
nachdem ich mit dem Kolibri gesprochen hatte,
aber ich sagte es so, daß die Eule mich schon
verstehen würde.

Auch sie flog lange schweigend dahin.

Es war ein freundliches Schweigen,

aber als sie mich sicher dorthin
gebracht hatte, wo der Adler wohnt,
sagte sie: »Ich verstehe sehr wenig von dem,
was du da sagst, aber am allerwenigsten
verstehe ich, daß du findest,
deine Freundin sei *klein*.«

»Natürlich ist sie klein«, sagte ich,
»sie ist ja noch nicht erwachsen.
Was ist daran
so schwer
zu verstehen?«

Die Eule sah mich
mit ihren geheimnisvollen
Bernsteinaugen an, lächelte
und sagte: »Denk darüber nach!«

»Die kleine Ann wächst heran, und ich
habe vor, mit einem Geschenk auf ihre
Geburtstagsparty zu gehen«,
sagte ich zum Adler.
Es fiel mir nicht leicht,
so einfach *gehen* und *klein*
zu sagen, nachdem ich mit
dem Kolibri und der Eule
gesprochen hatte,

aber ich sagte es so,
daß der Adler mich schon
verstehen würde.

Wir flogen zusammen

übers Gebirge und

ließen uns vom Aufwind höher tragen.

Schließlich sagte der Adler: »Ich verstehe
sehr wenig von dem, was du da sagst,
aber am allerwenigsten verstehe
ich das Wort *Geburtstag.*«

»Aber natürlich Geburtstag!« sagte ich.
»Wir wollen die Stunde feiern, in der
ein Leben begann, das es vorher nicht gab –
das Leben von Ann.
Was ist daran so schwer zu verstehen?«

Der Adler bog
seine Schwingen
zum Sturzflug und
setzte mit einer glatten
Landung im Wüstensand auf.
»Eine Zeit, bevor Anns Leben
begann? Glaubst du nicht
eher, daß es Anns Leben
ist, das vor aller
Zeit war?«

»Die kleine Ann wächst heran,
und ich habe vor, mit einem Geschenk
auf ihre Geburtstagsparty zu gehen«,
sagte ich zum Habicht.
Es fiel mir nicht leicht, *gehen* und
klein und *Geburtstag* zu sagen,
nachdem ich mit dem Kolibri,
der Eule und dem Adler
gesprochen hatte, aber

ich sagte es so, daß der Habicht
mich schon verstehen würde.

Die Wüste erstreckte sich tief unter uns,
und schließlich sagte der Habicht:
»Weißt du, ich verstehe sehr wenig
von dem, was du da sagst,
aber am allerwenigsten
verstehe ich *wächst heran.*«

»Natürlich wächst sie heran«, sagte ich.
»Ann ist nun ein Jahr näher
am Erwachsensein, ein Jahr weiter
entfernt von ihrer Kindheit.

Was ist daran so schwer zu verstehen?«

Der Habicht landete schließlich in einer einsamen Bucht.
»Ein Jahr weiter entfernt von
ihrer Kindheit?« fragte er.

»Das hört sich aber nicht nach Heranwachsen an.«

Und er erhob sich in die Lüfte

und flog davon.

Die Möwe, das wußte ich, war sehr weise.
Während ich mit ihr flog, erzählte ich ihr,
was die anderen Vögel zu meinem Vorhaben
gesagt hatten. Ich überlegte dabei sehr sorgfältig,
um die Möwe merken zu lassen,
daß ich dazugelernt hatte.
Die Möwe hörte sich alles an und sagte dann:
»Sie alle haben recht. Meilen können uns nicht
wirklich von Freunden trennen.«

Ich erwog jedes Wort und sagte schließlich:
»Warum trägst du mich dann zu Ann,
wenn du sicher bist,
daß ich schon bei ihr bin?«

Die Möwe zog
ihre Bahn über das Meer,
über Berge und
Straßen und ließ
sich sanft auf dem
Dachfirst deines
Hauses nieder.

»Weil es für dich wichtig ist, gerade diese
Wahrheit zu erkennen«, sagte sie.
»Ehe du sie begreifst, ehe sie dir
wirklich zu eigen wird, kannst du sie
nur nach und nach in dich aufnehmen,
mit Hilfe von außerhalb,
von Maschinen,
Menschen
und Vögeln.
Aber bedenke dabei stets,
daß Unverständnis
die Wahrheit nicht
davon abhält, wahr zu sein.«

Und die Möwe entschwand.

Nun wird es Zeit,
daß du erfährst,
was für ein Geschenk
ich dir bringe. Dinge aus
Blech und Glas nutzen sich
in einem Tag ab und
werden weggelegt.
Für dich habe ich
eine bessere Gabe.

Es ist ein Ring, den du tragen sollst.
Er funkelt in einem besonderen Licht.
Keiner kann ihn dir wegnehmen,
niemand ihn zunichte machen.
Du als einzige auf der ganzen Welt
kannst den Ring, den ich dir heute gebe,
sehen, so wie ich allein ihn sehen konnte,
als er mein war.

Der Ring verleiht dir eine neue Kraft.
Wenn du ihn trägst, kannst du dich
in die Schwingen aller Vögel versetzen –

du kannst durch ihre goldenen Augen sehen,
kannst den Wind spüren, der durch ihre
samtenen Federn streicht.
Das Glücksgefühl, sich über die Welt
und all ihre Sorgen zu erheben, wird dir
zuteil werden. Solange es dir gefällt,
kannst du am Himmel bleiben,
über Nacht und Sonnenaufgang,
und wenn du danach verlangst,
zur Erde zurückzukehren,
wirst du auf all deine Fragen
Antworten gefunden haben
und deiner Ängste ledig sein.

Von keiner Hand zu berühren,
unsichtbar
fremdem Auge,

wird dein Ring um so mehr
vermögen, je mehr du ihm
zutraust.

Anfangs
wird sich seine Kraft nur im Freien erweisen,
wenn du den Vogel beobachtest,
mit dem du fliegst.

Später aber, wenn du gelernt hast,
mit dem Ring umzugehen,
genügen Vögel, die du gar nicht siehst,
und zuletzt wird dir aufgehen,
daß du weder
Ring noch Vogel brauchst,
um über die Stille
der Wolken hinzufliegen.

Wenn dieser Tag gekommen ist,
gib den Ring weiter an jemanden,
der einmal zu verstehen vermag,
daß nur die Dinge zählen,
die aus Wahrheit und Freude gemacht sind,
nicht aus Blech und Glas.

Ann, heute rundet sich ein Jahr,
wir feiern die Stunde unserer Begegnung,
den Tag, an dem ich zu lernen begann,
was zu lernen war von unseren
Freunden, den Vögeln.

Ich muß gar nicht
erst zu dir kommen,
weil ich schon bei dir bin.

Du bist nicht mehr klein,
weil du bereits erwachsen bist
und durch deine Lebensspannen
streifst in Lebensfreude – wie wir alle.

Du hast gar nicht Geburtstag,
weil du seit je am Leben bist.
Du wurdest nie geboren,
und niemals wirst du sterben.
Du bist nicht das Kind der beiden,
die du Vater und Mutter nennst,
sondern ihr Begleiter beim großen Abenteuer
auf dem leuchtenden Weg
zum Wesen der Dinge.

Hinter jeder Freundesgabe
verbirgt sich ein Wunsch für dein Glück,
und so ist es auch mit diesem Ring.

Fliege frei und glücklich
jenseits von Geburtstagen immerzu,
wohin es dich zieht,
und wir werden einander
da und dort begegnen,
wenn wir's wünschen:
in der Mitte des einen Festes,

das nie endet.